Charles Dickens

PARA TODOS

© Sweet Cherry Publishing
Great Expectations. Baseado na história original de Charles Dickens, adaptada por Philip Gooden. Sweet Cherry Publishing, Reino Unido, 2022.

Dados Internacionais de Catalogação na Publicação (CIP)
Angélica Ilacqua CRB-8/7057

Gooden, Philip
    Grandes esperanças / baseado na história original de Charles Dickens, adaptação de Philip Gooden ; tradução de Ana Paula de Deus Uchoa ; ilustrações de Pipi Sposito. -- Barueri, SP : Amora, 2022.
    96 p. : il.

ISBN 978-65-5530-420-6
Título original: Great Expectations

1. Literatura infantojuvenil inglesa I. Título II. Dickens, Charles, 1812-1870 III. Uchoa, Ana Paula de Deus IV. Sposito, Pipi

22-4821   CDD 028.5

Índices para catálogo sistemático:
1. Literatura infantojuvenil inglesa

1ª edição

Amora, um selo editorial da Girasosl Brasil Edições Eireli
Av. Copacabana, 325, Sala 1301
Alphaville – Barueri – SP – 06472-001
leitor@girassolbrasil.com.br
www.girassolbrasil.com.br

Direção editorial: Karine Gonçalves Pansa
Coordenação editorial: Carolina Cespedes
Tradução: Ana Paula de Deus Uchoa
Edição: Mônica Fleisher Alves
Assistente editorial: Laura Camanho
Design da capa: Pipi Sposito e Margot Reverdiau
Ilustrações: Pipi Sposito
Diagramação: Deborah Takaishi
Montagem de capa: Patricia Girotto
Audiolivro: Fundação Dorina Nowill para Cegos

Impresso no Brasil

GRANDES CLÁSSICOS

Grandes Esperanças

Charles Dickens

amora

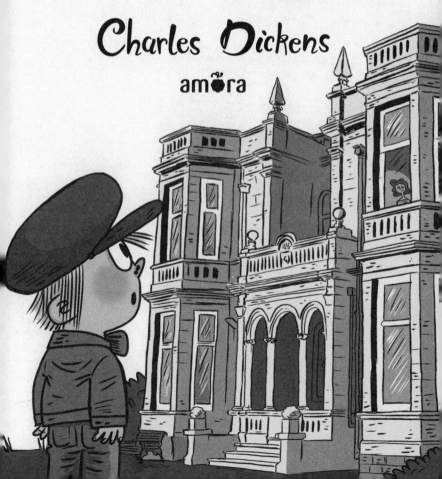

Pip conhece um condenado

Esta história é sobre Philip Pirrip. Mas todos o chamam de Pip. Ele não consegue se lembrar da mãe e do pai porque os dois morreram quando ele ainda era um menino.

A irmã de Pip, vinte anos mais velha, assumiu a tarefa de criá-lo. Ela era casada com Joe Gargery, um homem forte e gentil, de cabelos loiros e encaracolados e olhos azuis. Joe era ferreiro no vilarejo que ficava na entrada plana e pantanosa do rio Tâmisa, não muito longe do mar.

JOE GARGERY

Joe era grande e forte, mas tinha um pouco de medo da esposa. E Pip também. A sra. Joe – era assim que todos a chamavam – era rápida para brigar com os dois, Pip e Joe. Usava palavras e, às vezes, até uma bengala.

Embora Pip não conseguisse se lembrar dos pais, às vezes ele ia ao cemitério visitar os túmulos.

Uma dessas visitas foi na véspera do Natal.

O dia estava escuro, e ele tremia de frio com o vento que soprava do rio. Pip sentia pena de si mesmo e começou a chorar.

— Segure o choro! — gritou uma voz terrível.

Um homem enorme surgiu do meio
dos túmulos, vestindo roupas cinzas
e esfarrapadas. Ele estava molhado,
enlameado e tremia. Pior de tudo,
ele tinha uma corrente de ferro presa
nos tornozelos.

— Qual o seu nome, garoto?

— Pip, senhor.

— Onde você mora?

Com a mão trêmula, o menino
apontou para o vilarejo a
cerca de um quilômetro e
meio de distância.

— Onde estão sua mãe
e seu pai? — resmungou o
homem.

— Ali — disse Pip, apontando para as lápides. — Moro com minha irmã, a sra. Joe. Ela é casada com Joe Gargery, o ferreiro.

— Ferreiro? — disse o homem, olhando para a corrente em seus tornozelos. Ele estendeu as mãos grandes e apertou as bochechas de Pip com força. — Olha só o que você vai fazer, garoto. Vá para casa e, amanhã de manhã, me traga um pouco de comida e uma lima. Se não trouxer, posso comer você, começando por essas bochechas gordas.

Pip voltou para casa aterrorizado. Sua irmã estava furiosa e começou a brigar com ele. Ela batia o pé, sacudia as mãos e gritava perguntando sobre as travessuras que tinha feito.

Mais tarde, durante o chá, Pip conseguiu esconder uma fatia de pão com manteiga para o homem do pântano. Ao longe, eles ouviram o som estrondoso de um canhão sendo disparado. Joe disse que vinha do navio-prisão ancorado na baía.

Isso significava que um prisioneiro, condenado, tinha escapado.

Pip mal dormiu aquela noite. Muito cedo na manhã de Natal, ele desceu as escadas e pegou um pouco de queijo, um pouco de conhaque em uma garrafa e uma bela torta redonda na despensa da irmã.

Ele correu pela manhã cheia de neblina até encontrar o homem de cinza. Agarrando a comida e a bebida, o homem engoliu tudo como um cão faminto.

Pip criou coragem para dizer:

— Fico feliz que tenha gostado.

Em resposta, o homem fez um som estranho com a garganta. Ele exigiu a lima (ferramenta de metal dentada usada para lixar ou serrar um material duro) retirada da oficina de Joe, depois pareceu esquecer o menino. Quando Pip foi embora, o homem puxava com força a corrente em volta de suas pernas.

A sra. Joe tinha convidados para o jantar de Natal. Um deles era o sr. Pumblechook, tio de Joe, que tinha uma boca de peixe. Ele e os outros adultos sempre diziam a Pip que ele deveria ser grato à irmã por criá-lo.

O pior aconteceu quando a sra. Joe foi buscar a torta na despensa. Pip sabia que a torta fora engolida quase em uma mordida só pelo homem do pântano. A qualquer momento sua irmã voltaria de mãos vazias e em fúria.

Pip achou melhor não estar lá quando isso acontecesse. Ele se afastou da mesa de jantar, correu para a porta da frente...

...e deu de cara com um grupo de policiais.

Um deles, um sargento, segurava um par de algemas. Felizmente, não estavam procurando por um ladrão de tortas, mas pelo fugitivo do navio-prisão.

Todos estavam mesmo animados com a ideia de pegar o fugitivo. Apenas o bondoso Joe sussurrou para Pip que esperava que o prisioneiro não fosse encontrado. Pip também torcia por isso.

Joe e Pip partiram com os policiais e com algumas pessoas da aldeia. Estava frio e escuro, e Joe carregou o menino nas costas por ribanceiras e valas. Houve um súbito grito de alarme à direita, mas não tinha sido dos policiais. Eles foram em direção ao som.

Um homem se debatia em uma parte do terreno pantanoso, prestes a ser sugado. Estava escuro, mas mesmo sem vê-lo claramente, Pip sabia que era o homem de cinza. Três policiais o puxaram do pântano lamacento.

Quando o tiraram do lago, ele estava tão coberto de lama que era impossível ver a diferença entre a lama e os trapos que usava. Ele olhou para cima e viu Pip, que balançou a cabeça discretamente. O garoto não queria que o fugitivo coberto de lama pensasse que ele tinha levado os policiais até lá.

— Nós pegamos você, Abel Magwitch — disse o sargento.

— Quero dizer uma coisa, caso alguém mais leve a culpa — disse o prisioneiro. — Eu invadi a oficina de um ferreiro aqui perto. Roubei uma lima e uma torta.

— Pode ficar com a torta— disse Joe. — O que quer que tenha feito, não queremos que você morra, muito menos de fome.

O condenado não disse nada, mas novamente veio aquele som estranho da sua garganta. Era como se ninguém nunca tivesse dito uma palavra gentil para ele antes.

Os policiais o levaram embora.

— O que vai acontecer com ele, Joe? — Pip sussurrou.

— O sr. Magwitch vai voltar ao navio-prisão — disse Joe. — E depois ele será levado para a Austrália.

— Austrália? Onde fica isso?

— Não tenho certeza, Pip.
Muito longe, eu acho.

Pip adormeceu enquanto Joe o carregava nas costas para casa.

Casa Satis

Pip nunca tinha pensado no que queria ser na vida. E isso porque ele já sabia o que faria. Ele seria um ferreiro, como Joe. Pip até já tinha começado a ajudar Joe na oficina.

As coisas mudaram rapidamente quando o sr. Pumblechook anunciou que Pip tinha sido convidado para conhecer uma senhora rica. Ela morava numa cidade da região. Seu nome era srta. Havisham, e ela queria ter algum garotinho brincando em seu casarão.

Para a sra. Joe, isso era uma boa ideia. Para o sr. Pumblechook, também. Mas ninguém perguntou a Pip o que ele achava. Deram um banho nele, o esfregaram e o vestiram com suas roupas mais elegantes. Depois disso, o sr. Pumblechook o levou em uma carruagem até a casa da srta. Havisham. O lugar tinha um nome estranho: Casa Satis. Pelas barras de ferro da cerca, Pip podia ver o quintal. Todas as janelas do andar térreo também tinham grades de ferro.

O sr. Pumblechook tocou a campainha do portão. Depois de um tempo, uma jovem atravessou o quintal segurando um molho de chaves. Ela deixou Pip entrar, mas disse ao sr. Pumblechook que ele não era aguardado pela srta. Havisham.

Com essa informação, a boca do sr. Pumblechook ficou ainda mais parecida com a de um peixe. A garota não dizia quase nada, somente para Pip se apressar. Ela o chamava de "menino", embora tivessem mais ou menos a mesma idade. Ela era muito bonita e parecia ser tão confiante que tinha cara de muito mais velha.

Dentro da casa estava escuro. A garota acendeu uma vela, e eles abriram caminho por um longo labirinto até chegarem a uma porta.

— Entre — disse ela.

— A senhorita primeiro.

— Não seja ridículo, garoto. Eu não vou entrar.

Meio amedrontado, Pip bateu à porta e o mandaram entrar. A sala era grande e bem iluminada por velas. Grossas cortinas cobriam as janelas. Numa poltrona estava sentada a mulher mais estranha que Pip já tinha visto. Um véu branco pendia sobre seus cabelos brancos. Ela estava vestida toda de branco e tinha joias que brilhavam no pescoço e nas mãos.

— Você é o garoto enviado pelo Pumblechook?

— Sim, senhora. Eu sou o Pip.

— Chegue mais perto — ela exigiu.

Quando se aproximou, Pip viu que o longo vestido branco dela tinha desbotado e amarelado com o tempo.

— Quantos anos você tem, Pip?

— Oito, senhora.

— Não vejo a luz do sol desde que você nasceu, Pip.

Como não sabia o que dizer, Pip não disse nada. Então, a srta. Havisham pediu a ele para chamar "Estella". Muito inseguro, Pip foi até a porta e chamou "Estella!" no corredor escuro. Ele ficou feliz ao ver a bela jovem voltar, segurando a vela.

A srta. Havisham queria ver Estella e Pip jogarem cartas juntos. O único jogo que ele conhecia era um simples, chamado *Beggar My Neighbour* ("Roubando meu Vizinho". Um jogo de cartas cujo objetivo é ganhar todas as cartas do adversário). Estella o venceu em várias partidas. Ela não sorriu em momento nenhum da brincadeira e fez comentários rudes sobre as mãos desajeitadas de Pip.

Finalmente, Pip foi autorizado a ir para casa, desde que voltasse em alguns dias. Estella quase o empurrou para fora do portão da frente, e depois o trancou com firmeza. Pip ficou feliz em ir embora, mas triste também. Era bom ter com quem brincar.

Em casa, a sra. Joe e o sr. Pumblechook encheram Pip de perguntas sobre a srta. Havisham e a Casa Satis. Pip inventou que a srta. Havisham era alta e estava sentada em um sofá de veludo.

Pela maneira como o sr. Pumblechook concordou com a

cabeça, era óbvio que ele nunca tinha entrado na Casa Satis. Pip se sentiu um pouco culpado por contar mentiras na frente de Joe.

Um benfeitor misterioso

Esse foi o início de muitas visitas à casa da srta. Havisham. Pip não gostava delas, embora sempre ficasse feliz em ver Estella. E Estella sempre ficava feliz em ser rude com ele. Ela costumava dizer que ele era "comum e grosseiro".

Pip então descobriu que a srta. Havisham havia adotado Estella, e ela gostava de vê-los jogar juntos. Às vezes, havia outros visitantes na Casa Satis.

Eram membros distantes da família da srta. Havisham. Uma vez, Pip brigou com um garoto alto e pálido. Ele não começou a briga, mas ganhou. Estella ficou observando secretamente, e depois permitiu que Pip a beijasse. Nunca mais aconteceu; a briga ou o beijo.

As visitas de Pip continuaram por vários anos, até que chegou a hora dele aprender o ofício de ferreiro com Joe. O aprendizado foi elaborado de forma adequada e legal, na presença de um magistrado da cidade. Isso significava que o tempo do jovem com a srta. Havisham – e Estella – estava no fim.

Estella ia se mudar para Londres para aprender a ser uma dama. Enquanto isso, Pip ficaria no vilarejo e se tornaria um ferreiro, como Joe. No passado, Pip teria adorado ser como Joe: um trabalhador honesto e habilidoso.

Mas suas visitas frequentes ao casarão o fizeram querer mais do que isso. No entanto, ele não tinha escolha. O que mais ele podia fazer?

Pela frente, uma vida de trabalho e suor no calor da forja do ferreiro aguardava por ele. Havia mais trabalho a ser feito em casa também, porque a sra. Joe estava muito doente. Ela passava o dia sentada, quieta, impossibilitada de fazer qualquer coisa. Sem mais ataques de fúria. Uma garota do vilarejo chamada Biddy veio ajudar Pip e Joe a cuidar dela.

Então, um dia, algo aconteceu para mudar tudo.

A essa altura, Pip costumava ir ao *pub* do vilarejo, *The Three Jolly Bargemen* (Os Três Barqueiros Alegres).

Um sábado à noite, ele e Joe estavam lá com alguns colegas quando um homem estranho entrou. Ele ficou observando e mordendo o dedo como se fosse um lanche saboroso. Até que ele esticou o dedo como uma acusação.

— Acredito — disse ele — que há um ferreiro chamado Joe Gargery entre vocês.

— Sou eu — disse Joe.

— Você tem, por acaso, um aprendiz chamado Pip?

— Sou eu — disse Pip.

O estranho não reconheceu o jovem, mas Pip se lembrou dele. Muito tempo atrás os dois tinham se cruzado nas escadas da casa da srta. Havisham. Ele tinha a cabeça grande e sobrancelhas espessas. Pip achava que ele devia ser um membro da família da srta. Havisham.

Mas não. Descobriu-se depois que ele era um advogado de Londres. Seu nome era Jaggers, e ele queria falar com Joe e Pip em particular. O melhor lugar para fazer isso era na sala deles, em casa, que quase não era usada após a doença da sra. Joe.

O sr. Jaggers sentou-se à mesa da sala e disse:

— Sr. Pip, o senhor tem um benfeitor. Você entende o que isso significa?

Os rostos inexpressivos de Joe e Pip mostravam que não.

— Um benfeitor — continuou Jaggers, com sua voz penetrante — é uma pessoa que quer fazer algo de bom para você e tem os meios para fazê-lo. Ou seja, a pessoa em questão tem dinheiro. Seu benfeitor, sr. Pip, tem grandes expectativas para você e deseja que vá para Londres.

— Por quê? — perguntou Pip, surpreso. — O que vou fazer em Londres?

— Você vai aprender a ser um cavalheiro. E cavalheiros não precisam fazer nada.

— Quem é esse bondoso benfeitor? — perguntou Pip, embora já soubesse.

Devia ser a srta. Havisham, que queria que ele se tornasse um cavalheiro para poder se casar com Estella!

— Não posso dizer — respondeu Jaggers. — Seu benfeitor quer permanecer desconhecido até o dia em que ele – ou ela – escolher revelar sua identidade.

Havia muito mais para ouvir e se surpreender. Enquanto isso, Joe mal disse uma palavra.

Para Londres

Uma semana depois, Pip teve que se despedir de Joe, da sra. Joe, de Biddy e do sr. Pumblechook. Agora que ia se tornar um cavalheiro, eles se comportavam de maneira diferente perto dele. Era quase como se ele fosse um estranho.

Naquela manhã, carregando uma pequena mala e completamente sozinho, Pip pegou uma carruagem para Londres.

Primeiro, foi até o escritório do sr. Jaggers. O advogado era seu tutor e daria uma ajuda mensal até que o benfeitor de Pip decidisse aparecer.

— Bem-vindo, sr. Pip — disse o advogado. — O que está achando de Londres?

— É muito grande — disse Pip — e... e mais movimentada e suja do que eu esperava.

Pip hesitou em dizer isso porque achou que poderia parecer rude. O sr. Jaggers simplesmente riu. Ele explicou que Pip iria morar com um cavalheiro chamado Herbert Pocket. E aprenderia sobre livros e boas maneiras com o pai de Herbert, o sr. Matthew Pocket. Os Pockets eram todos primos distantes da srta. Havisham.

Quando Herbert e Pip se encontraram, eles se encararam, surpresos.

Ele tinha crescido, é claro, mas Herbert era o mesmo garoto alto e pálido com quem Pip brigou na casa da srta. Havisham. Mas Herbert não guardou mágoa de Pip. Na verdade, ele era muito gentil.

Herbert explicou a razão pela qual a srta. Havisham ficava dentro de casa e sempre usava o mesmo velho vestido branco. E disse que, anos atrás, ela iria se casar. Mas, na manhã do casamento, o noivo escreveu para ela rompendo o compromisso.

— Você reparou no relógio na sala dela? — perguntou Herbert.

— Sim, é parado em vinte para as nove — disse Pip.

— Foi o horário em que ela recebeu a carta. E, naquele momento, o tempo ficou congelado. O vestido que ela usa é o vestido de noiva dela.

Herbert disse que a srta. Havisham tinha treinado Estella para ser contida, não expressar seus sentimentos e tratar as pessoas, especialmente os homens, tão cruelmente quanto ela própria tinha

sido tratada. Estella foi treinada para partir o coração dos homens.

Joe veio visitar Pip em Londres. Pip o apresentou a Herbert, que foi muito gentil. Mas Pip ficou constrangido por causa de Joe, embora o ferreiro estivesse vestido com suas melhores roupas. Joe até o chamou de "senhor" quando ele sempre dizia "Pip".

Às vezes, Pip também via Estella. Ela tinha se tornado uma bela dama e não era mais indelicada com ele. Os dois eram quase amigos, embora ela nunca retribuísse os sorrisos dele.

Pip acreditava que seu benfeitor era a srta. Havisham. Se queria fazer dele um cavalheiro, ela deve ter mudado de ideia sobre querer que Estella partisse o coração dos homens. Pelo menos não o coração de Pip.

Pip esteve no antigo vilarejo algumas vezes, inclusive para o funeral da irmã, a sra. Joe, quando ela morreu. Mas ele não pertencia mais àquele lugar.

As coisas seguiram assim por alguns anos. Em Londres, Pip aprendeu a se vestir melhor, a se comportar melhor, a falar francês e a andar a cavalo. Tudo que um cavalheiro deveria fazer.

Muitas vezes, ele gastava mais dinheiro do que deveria. O sr. Jaggers, que lhe dava a mesada, balançava o dedo das mordidas e dizia para Pip parar de gastar tanto.

Um dia, Pip perguntou quando a identidade de seu benfeitor seria revelada. Ele já sabia quem ele era, é claro.

— Você saberá na hora certa, sr. Pip — foi tudo o que o sr. Jaggers disse.

A hora finalmente chegou.

Um Visitante Surpresa

Era uma noite escura de tempestade. Herbert, com quem Pip ainda dividia o alojamento, tinha saído. Seus quartos ficavam na parte alta de uma velha casa perto do rio. O vento sacudia as janelas e soprava a fumaça da lareira pela chaminé de volta.

De repente, Pip ouviu um tropeço na escada. Ele pegou o lampião e foi até o corredor. As luzes da escadaria tinham se apagado.

— Que andar você procura? — Pip então gritou.

— O último — disse uma voz penetrante.

O homem subiu as escadas. Ele usava um casaco rústico. Seus longos

cabelos grisalhos caíam por debaixo do chapéu.

— O que você quer?

— Você, sr. Pip. Quero entrar.

Pela expressão no rosto do homem quando a luz do lampião o alcançou, ele pareceu satisfeito em ver Pip. Mas Pip não o conhecia.

Uma vez lá dentro, o homem tirou o casaco e ficou perto da lareira. De repente, a maneira como ele estendeu suas grandes mãos para perto do calor do fogo fez Pip reconhecer quem ele era.

O homem percebeu pelo rosto de Pip que ele o reconheceu.

— Sim, sou eu! Abel Magwitch. Do navio-prisão. O homem dos pântanos que você ajudou trazendo comida e uma lima de ferreiro quando você era menino.

Pip recuou, assustado.

— Você não foi levado para a Austrália? — ele se engasgou.

Naquela época, muitos prisioneiros, homens e mulheres, eram transportados de barco para cumprir pena lá no outro lado do mundo.

Lá eles poderiam ser livres de novo, mas nunca tinham permissão para retornar à Inglaterra.

Magwitch disse a Pip que ele cumpriu pena por seus crimes. Uma vez livre, ele se saiu bem e ganhou dinheiro como criador de ovelhas na Austrália. Muito dinheiro.

— Se eu for pego de volta aqui na Inglaterra, estou perdido — disse Magwitch. — Mas valeu a pena ver o belo cavalheiro que meu menino se tornou. Olha, você está vestindo roupas melhores que as minhas. Isso no seu dedo é um anel de ouro, meu rapaz?

Pip então teve certeza. Ele tinha uma terrível suspeita do que estava por vir.

— Quem será que pagou pelas roupas e pelo anel, sr. Pip?

— Foi você! — exclamou Pip. — Você é meu benfeitor.

— Isso é a palavra de advogado, que Jaggers usa. Prefiro dizer que sou seu amigo, sr. Pip. Sou como seu segundo pai. Você me ajudou uma vez. E eu tenho ajudado você desde então, com prazer.

Naquela noite, Magwitch dormiu no quarto de Herbert. Mas Pip não conseguiu dormir. A chuva e o vento batiam forte nas janelas.

Ele se perguntou várias vezes como pôde ter sido tão estúpido?

A srta. Havisham nunca foi a benfeitora de Pip. Sim, o sr. Jaggers era o advogado dela, mas também era o advogado de Magwitch. Portanto, a srta. Havisham nunca pretendeu que Pip se casasse com Estella. Tudo o que Pip tinha em sua nova vida de cavalheiro vinha de um criminoso. E ele se sentiu envergonhado.

Estes pensamentos foram afugentados pela lembrança de que a vida de Magwitch terminaria se ele fosse pego. Ele arriscou não apenas sua liberdade, mas sua vida para ver Pip.

Pip estava em dívida com Magwitch e tinha que ajudá-lo a ficar em segurança. Ele precisava tirá-lo do país antes que fosse capturado.

Herbert voltou no dia seguinte e Pip contou a ele todos esses segredos. Bom amigo que era, Herbert concordou em ajudar na fuga de Magwitch.

E isso era urgente, pois Magwitch acreditava que ele já poderia ter sido visto em seu retorno a Londres.

A única maneira era colocar Magwitch a bordo de um navio, com destino a algum lugar distante. Mas ele não podia se arriscar a embarcar em Londres. Em vez disso, eles planejaram remar rio abaixo até um lugar distante na baía do Tâmisa.

Eles passariam a noite lá e pegariam um barco de passagem para a Holanda ou a Alemanha.

Enquanto planejavam, aconteceu uma tragédia. A Casa Satis pegou fogo, e a srta. Havisham morreu no incêndio.

O lugar onde Pip tinha se apaixonado por Estella tinha desaparecido, levando consigo qualquer esperança de que ela retribuísse o amor dele. Mas Pip não teve tempo de sentir pena de si mesmo. Ele e Herbert tinham que tirar Abel Magwitch da Inglaterra em segurança.

A FUGA DE MAGWITCH

Magwitch era o mais calmo de todos quando embarcaram na primeira etapa da fuga. Herbert e Pip puxavam os remos, mas ele ficou sentado, fumando cachimbo na popa do pequeno barco, como se estivesse em uma viagem de lazer.

Pip não tinha mais medo de Magwitch ou vergonha da conexão entre eles. Abel Magwitch apenas tentou fazer bem a ele, e agora Pip retribuiria.

Eles passaram a noite em um *pub* sujo chamado *The Ship* (O Barco), cuja placa rangia com o vento. O dia seguinte amanheceu claro e radiante.

Eles esperaram na entrada de um córrego, observando a

mancha de fumaça do barco a vapor que se aproximava.

Lá estava ele! O mais rápido que puderam, Herbert e Pip conduziram o pequeno barco para o rio.

Eles pretendiam se aproximar do barco a vapor, cujas pás se moviam com a água. Na lateral estava escrito "HAMBURGO". Esse barco a vapor levaria Abel Magwitch para a Alemanha.

No exato momento em que chegaram ao rio aberto, um grande barco a remo, cheio de policiais,

surgiu de uma das margens e foi na direção deles.

O barco da polícia era bem mais rápido do que o deles.

O barco de Pip continuou furiosamente em seu caminho, com a polícia seguindo logo atrás. Assim que os três chegaram ao barco a vapor, a polícia bateu neles com o bico do barco. Abel estava agachado na popa.

Ele foi atirado ao mar. Pip teve medo de Abel ter sido atingido pelas pás do barco a vapor e empurrado para baixo. Mas, quando o barco a vapor de Hamburgo passou, ele viu um corpo flutuando na água. A polícia arrastou Abel para fora. Ele ainda estava vivo, mas por pouco tempo. Ainda assim, eles o algemaram.

Pip foi autorizado a voltar com eles no barco da polícia, enquanto Herbert voltou para a praia.

Abel Magwitch mal conseguia falar.

— Você pode me deixar agora, meu garoto — disse ele.

A voz dele estava tão fraca que Pip teve que se abaixar para ouvir.

— Nunca — disse Pip. — Eu nunca vou deixar você. Vou ser tão fiel a você quanto você foi a mim.

Ouviu-se aquele som estranho na garganta de Abel que Pip se lembrava de muito tempo atrás.

Pip retorna à Casa Satis

Não é necessário alongar mais esta história. Abel Magwitch morreu no hospital da prisão. Pip esteve com ele até o fim.

Abel nunca soube que seu plano de transformar Pip em um cavalheiro tinha fracassado.

Todo o dinheiro de Magwitch foi confiscado porque ele tinha infringido a lei ao retornar à Inglaterra. Pip ficou sem nada. Mas Abel Magwitch tinha mudado Pip de outras maneiras. Para melhor, talvez.

Pip voltou para o vilarejo onde foi criado. Lá ele descobriu que Joe e Biddy tinham se casado. E ficou feliz por eles.

Depois disso, Pip foi até a Casa Satis. Só havia ruínas por causa do incêndio. Apenas tocos expostos das paredes e o piso escurecido pela fuligem permaneceram.

Como ele, havia uma figura vagando entre as ruínas. Era Estella, alta e elegante.

Pip só a conhecia como uma pessoa fria, contida e sem emoção. Mas agora a tristeza era clara na maneira como ela se movia.

Pip abriu caminho pelas ruínas da antiga casa da srta. Havisham.

— Estella — disse ele.

— Pip? — perguntou Estella. — É você?

— Sim. Sou eu.

— Que bom.

Embora estivesse escurecendo, Pip podia vê-la claramente agora.

Ela estava sorrindo.

Charles Dickens

Charles Dickens nasceu na cidade de Portsmouth (Inglaterra), em 1812. Como muitos de seus personagens, sua família era pobre e ele teve uma infância difícil. Já adulto, tornou-se conhecido em todo o mundo por seus livros. Ele é lembrado como um dos escritores mais importantes de sua época.

Para conhecer outros livros do autor e da coleção *Grandes Clássicos*, acesse: www.girassolbrasil.com.br.